# 아내의 저울에 눈금이 없다

시와소금 시인선 180

# 아내의 저울에 눈금이 없다

ⓒ김용기, 2025. printed in Seoul, Korea

초판 1쇄 인쇄  2025년 05월 26일
초판 1쇄 발행  2025년 05월 30일
지은이  김용기
펴낸이  임세한
펴낸곳  시와소금
디자인  유재미 정지은

출판등록  2014년 1월 28일 제424호
발행처  강원 춘천시 충혼길20번길 4, 1층 (우 24436)
편집·인쇄  주식회사 정문프린팅
전화  (033)251-1195 / 휴대폰 010-5211-1195
전자주소  sisogum@hanmail.net
ISBN  979-11-6325-093-7 03810


값 12,000원

· 이 책은 강원특별자치도 강원문화재단 후원으로 발간하였습니다.

시와소금 시인선 · 180

# 아내의 저울에 눈금이 없다

## 김용기 시집

시와소금

**▌김용기(金容琦 yong—ki, kim)**

• 부여에서 났고 인천이 키워 원주와 산다.
• 한양대학교를 졸업했으며,
• 2006년 「흔들리는 새벽」 외 3편으로 『문학저널』로 등단했다.
• 시집으로 『빚쟁이 되어』, 『목마르다』, 『미명』이 있다.
• 원주문인협회 회원, 드림교회 장로다.
• 전자주소 : agullaya@hanmail.net
• 휴대전화 : 010—8819—2588

통점(痛點)을 막아내지 못했다
가슴까지 닿았고
전이(轉移)는 빨랐다
달력이 부활절을 눈치챘을 때
슬픈 눈은 다시 커졌다
내 시(詩)가 그 전이 앞에서
통증을 막아냈다
아픔이 시싫이였다니
늦은 통회(痛悔)는 또 다른 고통
뒤늦게 아파하는 사람들 옆에 서서
그들을 느끼고 있다
조이와 선명한 시그늘 아래 살아가는 일상은
새로운 기쁨이다

2025년 봄 송우헌(松友軒)에서
김용기

| 차례 |

| 시인의 말 |

## 제1부  뒤집지 마라

## 제2부 못 뺀 자리

## 제3부 거룩한 시간

## 제4부 모자로구먼

작품해설 | 임동윤

제 **1** 부

뒤집지 마라

# 엄마는 총알

지지직
서로 겹쳤을 때 소리가 안 들리는
전파교란이 있지만
어림없는 소리
그 많은 어린애들이
찧고 까불며
먼 곳에서 떠들어도
제 아이 우는 소리는 용케
골라내 듣는 엄마의 귀는
고성능 안테나
일어나 뛸 때마다 틀린 적이 없다
급할 때
아이를 솔개처럼 낚아채는
엄마에게
숨겨진 발톱이 있다.

# 배추꼬리

백 배나 더 큰
제 새끼 키워냈지만
쓸모없다고 버린 배추꼬리를 들고
짐짓 가시고기를 떠올렸다
배추밭에
널브러진 배추꼬리
찬바람 불었지만
아무도 눈길 주지 않았다
저녁 밥상에서
배추김치 한 조각 들고
아내를 건너다봤다
숨이 턱 막혔다
입술 윤기는 사라졌고
이따금 확인하는 가슴은 힘이 없다
저놈들, 저놈들 참 잘 키웠어
슬그머니 일어났다.

# 엄마가 천재

옹알옹알
오로로로 까꿍
엄마라고 부르네
다시 해봐, 엄마
오구오구

틀림없다
천재다
우겨서 남들 이긴다
한결같다

엄마래요
우리 아기 옹알이가 확실히 틀려요

백일 갓 지난 아기의 옹알이를
단박에 알아듣는
세상 첫아기의 엄마는 모두
천재다.

# 넥타이

얼마나 지루했을까
기다린 시간
종사품 숙원(淑媛)이
승은(承恩) 입었을 때처럼
감격에 겨운 투정
거친 목 조름은 인지상정이었다
가운데 앉아 있었으나
노심초사 드러내지 못했다
편애가 목 더 조인다는 것쯤은
애타는 후궁인들 다를까
선택받지 못한 날의
장롱 속 태연함은 위선
부득불 미안한 마음 나도
달래주는 아량을 베풀어야 했다
미안하구나
사과할 테니 조금만 풀어다오.

# 공생(共生)

거미줄 치우며
여름철 월급을 받았다
일의 반복은 정해져 있었고
굶어 죽은 거미는
나 때문일 거라는 자책을 했다
내 월급 얼마라도
거미를 위해 적립할 거라는
막연한 기대는 아내의 몫이었으나
변하지 않는 식탁을 봤을 때
가당찮은 기대였다
거미똥이 같은 크기로
검은 원을 그렸고
회사는 나를
괜찮은 직원으로 봤을 것이므로
내 월급의 일부는
확실히 거미의 것이었다.

# 엄마 관리인

어지간해서
주변 모르는 사람이 없는
엄마 비밀번호가 비밀일까
그것 하나로
여기저기 다 쓰니
맘먹으면 집 한 채 날아가도 모를 일
엄마 벨 소리였다면 십중팔구
잊으셨을 테고 또 물어오신 거다
뭐시냐 거시기,
엄마 이메일을 가끔 들여다본다
만든 까닭이야 뻔하지만
쌓인 쓰레기를 본 적 없으시니
썩은 냄새가 뭔지도 모르신다
사고 흔적 없음이 다행
쓰레기 치워드릴 때마다,
은행 가서 전화하실 때마다,
친구들 만나면 쿠팡 한다는 자랑
그럴 때마다,

그때마다,
나는 엄마 관리인이 된다
남들 앞에서 자랑거리인 나는
엄마 관리인이다.

# 거울이 없다

얼떨결에라도 들여다봤다면
낙담했을 테고
절망이 풍선처럼 커질
슬픔을 향한 엘리베이터 배려다

남이 나를
뚫어지게 봤다면,
감당 못 할 두려움 미리 알고
엘리베이터가 거울을 걷어냈다

병원에서는
내 모습 보지 않는 것이 약
내 모습 보여주지 않는 게 매너

사돈 만났을 때
뱃속 꼬르륵거리는 소리가
민망했던 것처럼
덜 회복된 병원 얼굴을

뵈고 싶지 않을 때
보고 싶지 않을 때
뗀 거울은 사랑이다
거울 없는 엘리베이터는 명의(名醫)다
민망함 말할 것도 없고.

# 눈물의 전염

육십이 넘었고
문병 온 식구가 주렁주렁 달렸던데
떠난 후
눈물을 훔쳤다
그는 어디가 아파서 울었을까

내 일 아닌데
나도 울었다
따라서 운 나는 어디가 아픈가

어디가
어떻게 아픈지 알 수 없었으나
내게 전염된 눈물
그다지 짜지 않은 것은 흠이었다

양파 깔 때처럼
옆에 계모 같은 마누라가 있는 것도 아니고
전염된 눈물의 의미 모르겠다

가죽도 두꺼워졌는데
도무지 모르겠다
끝내 그가 누군지도 모르겠다.

# 성인(聖人)

소금을 넣지 않았다면
미역국에 쇠고기를 열 근 넣었어도
헛 일

이것 넣고 저것 빼고
육젓으로 담근 김치 자랑이 늘어져도
소금 없으면 이빨 빠진 소리다

제 몸 드러나지 않게
감추는 소금의 겸손은 타고났다

없는 게 아닌데
보이지 않는다고 칭찬은 인색했고
오히려 엄격했다
짜다 쓰다,
분(憤)할 텐데 차분하다
성인(聖人)이다
아내가 그렇다
전적으로 나의 실수다.

# 쓸만한 궤변

나도 못 마시는 소주를
반 병씩이나
단박에 잔을 비우고도 거뜬한 돼지

소주 마신 돼지를
당신이 곧 먹을 테니
술꾼 되겠다고 우기는 아내의 삼단논법

아래층 젊은 부인을
만날 때마다
엄마라고 칭얼대던 둘째가 내 아들이니

아래층 부인이
언제부턴가 예쁘게 보였던 이유
삼단논법의 아내가 고마운가
눈치 빠른 아들이 고마운가.

# 아내는 달(月)이다

방아 찧다가 슬쩍
급한 뒷간 다녀오듯
토끼도 궁금한 저쪽
그믐 지나
까만 밤을 틈타
다녀온 곳 어디인지 한 번쯤
흔적 남겨줄 만한데
아직까지 귀띔 한 번 없어 궁금한
달의 뒤편

늘 밝은 척하여 좋은데
반대편 등 뒤
짙은 그늘 있으면 어쩌나 하는
두려움이 있고
원피스 지퍼라도 내리면 알까
묻지 않는 옹졸함이
갈수록 커진다
토끼처럼 모르는 척하는
아내의 저쪽.

# 말 침

벌에 쏘여
결석했던 시골 학교 저학년
된장 바른 얼굴을
선생님은 알아보셨다

세상물정 알만해질 무렵
독한 말 침에 여러 번 쏘였고
퉁퉁 부은 곳은 가슴이었다
약이 없던 시절
술을 치료제로 삼았다

내 말은 독도 없고
뼈도 없고 착하다는 착각
남도 그렇게 느꼈을까

말 침은 가슴에
글 침은 눈에
답답한 것을 보면 가슴 전이는 확실했다.

# 부부싸움

얼마 안 지났는데
바닥에
날카로운 말의 뼈가 수북이 쌓였다
빠드득
이 가는 소리 아직
나직이 남아 있었으므로
뼈 분석은 이르다고 생각했는데
부부싸움이 끝나자
발라낸 뼈는 없고
뜬금없는 솜사탕이 등장했다
말에서
뼈를 발라내고 전하는 기술과
뼈를 발라내고 듣는 요령이
완행열차 꼬리처럼 도착했지만
이순(耳順)도 기적
뼈 없는 말에
뼈를 붙이느라 힘든 시절이 있었고
아내 가슴은 숯이 되었다는데

전사(戰史)에 남을 무승부
돌아보니 부부싸움이 그랬다.

## 사소한 이유

시구(詩句) 하나 얻어 놓고
올라 간 입꼬리
천종산삼만큼 반가운
짜릿한 단어에 살까지,
웬 떡이냐 싶었는데
급하게 부엌에서 부르는 소리에
눈길 돌리는 사이
아뿔싸
파도에 모래성 스러지듯 사라졌다
도무지 허락하지 않는 재생
전두엽을 쥐어박아도 소용없었다
메모하지 않은 실수
허탈했다
뒤져도 안 나오던 반지가
이사 갈 때
장롱 밑에서 만났을 때
반가움처럼, 그러려나
외려 똥 마려운 개를 봤냐는 핀잔에

억울하여 울 뻔했다
네 죄를 네가 알렸다 한들
흐려진 지금
집 나간 자식 그리워할 때처럼
입술을 깨물었다
죄 없는 TV가 볼륨만 잔뜩 올렸다
그런 나이가 됐다.

# 뒤집지 마라

삼겹살 뒤집어라
한 번 더 뒤집어라
살살 뒤집어라
인생도 그렇게 뒤집어라
한쪽만 익으면 소용없다
잊지 마라
시간 맞춰 뒤집어라
탄다

그믐달 뒤집으면
보름달 될 거라는 섣부른 기대
뒤집었다 엎었다
모깃불 잘못 뒤집으면
눈물만 가득 헛수고
세상일 부침개 뒤집듯 쉬울 것 같지만
막상 서툴다

뒤집힌 거북이가 아니더라도

손에 막대기 하나 늘
가지고 다녀라

하늘도 가끔
뒤집어 줘야 제 노릇 할 때 있다
마누라 속은 뒤집지 마라
법이 그렇다.

# 아내의 저울에 눈금이 없다


가늠으로
물 주는 시기를 아는
아내가 신통하다
죽은 화분 본 적이 없다

부엌에는
얼추라는 저울이 있고
끼니마다 다르지만
맛없어서 버린 적 없다면
정확한 눈금인가

그날은 틀리지 않았다
애들 사춘기다
엄마는 가슴이 저울이다
애들 요리 잘한다
눈금 정확한 사춘기의 대가다

아내가 숨긴 저울은 가늠이다

얼추다
눈금이 없어도
저울이 틀리지 않은 이유는
사랑이 눈금이기 때문이다.

# 뒷바퀴

달아나면 쫓아가고
뒤돌아보면 등 뒤
추월하거나
바람 빠진 앞바퀴를 두고
못 본 체한 적이 없다

포개면 닮은 뒷바퀴는
앞바퀴의 그림자다

세월을 따라
그냥 앞바퀴 따라다니는
장식품 됐다는 비아냥
앞바퀴 버팀목이라는 긍지는 있다

말 같잖은 비유라며
참고 산 것에 대하여
애쓴 공(功) 갚으라는 아내가
불쑥 손을 내밀었을 때

목울대 침 넘어가는 소리는
천둥이었다
차량도 앞바퀴 구동이 대세인 요즘
판단은 신속했다
역린은 미련한 짓
설거지와 청소는 기본
공손(恭遜)은 필수였다.

# 외숙모 이름

돌아가시기 전까지
외숙모 이름을 모르고 살았다

방학 때는
십여 리 건넛마을 외갓집에서
외사촌들과 뒹굴었지만
외숙모 이름은 몰라도 됐다
그냥 외숙모였다

장례식장 들어섰을 때
영정사진 아래 낯선 이름을 봤다
처음으로 불러보는 외숙모 이름
임 기 순

가깝게 지내도
그런 사이가 더러 있다
죽어야 서로 아는
민망한 이름.

# 그럴 때 있었다

묻지도 않았고
아무 짓도 하지 않았는데
도둑놈처럼 횡설수설

사춘기 아이가 순식간에
붉어졌을 때
눈은 컴퓨터를 피해 주는 게 상식이다
벌컥 열었으니
도망갈 시간을 놓쳤던 거다
빠져나가지 못한 분홍색 화면은
온방 우왕좌왕

변명을 위해
꼬인 무안함을 위해
시간을 끌어 마우스를 누를 수 있게
허락해 주는 것은 사랑이다

그럴 때 있었다.

# 애 되다

용돈 받았으니 애다
슬그머니
애들이 건넨 봉투를 끌어당겼다

잘 우는 축에 들어섰다
TV가 전염의 주범, 공범은 나이다
여기서 멀어도 서울이 울 때
도착시간 차이는 안 난다

슬프고 아프고
우는 이유다
그런 사람들이 병원에 있다
거기 서서 객쩍은 말 몇 마디 주고받는다
헛말도 허겁지겁 받는 저들
외로운 거다

선생도 애 된다더니 내가 그렇다
요즘 다시 애 됐다
그래서 기쁘다.

# 제 2 부

# 못 뺀 자리

# 보복

감춘
남의 상처가 궁금했다
위로를 빙자하여
기어코 찾아 내 손톱자국을 냈다
상처보다
변장한 그의 말 더 아렸다
눌린 분함이 거꾸로 자랐고
증오도 따로 컸다
자격지심이 원인, 꺾지 못했다

스스로 하지 말고
앙갚음, 맡겨라
그 울림을 새벽에 들었다
원수를 맡겼더니
거꾸로 자란 종유석이 끊어졌다
사실 하룻 새벽에 된 것은 아니고
며칠 울기는 했다.

# 시험

언제까지 맞추는지 기다려보자
어떻게 하는지
두고 보자는 심보였다
어렵다든가
쉽다든가, 가타부타 침묵
몇 번이고
고얀 놈 나를 뭘로 알고, 하셨을까

콩닥콩닥
빠른 가슴이 뛴다
하나님에게 시험문제를 낸 후
나타나는 금단현상 저리다
냈으니 답도 말해 보라는 채근
그러시는 것 같아
제 풀에 서둘러 답을 적었다
제 시험도 빵점 맞는 주제에
누구에게 시험을.

# 다짐

맞는 옷 없다는 걸 알았다
옷은 작았고 새 옷은 비쌌다
옷에 맞게 몸을 줄이기로 했다
철 지난 옷, 부끄럽다니
비싸다고 투덜거렸는데
유행 떠났어도
몸을 옷에 맞추자
옷도 몸도 풀렸다

욕심이 돈보다 무서웠다
내려놨더니 가뿐해졌다
용기였다
삶애서 눈물을 버렸다
울음이 욕심만큼 나왔던 것
울지 않기로 했다.

# 못 뺀 자리

박을 때 수직이었는데
못을 뺀 후
못 뺀 자리 삐딱한 걸 봤다
얼마나 더 아팠을까
죽었거니
아프거나 말거나 잡아 뺐겠지
삼일 후
구멍 보여줘도 모두 긴가 민가
못 믿을
못 자국 난 그분 손

한동안 그 언덕에
제자들 꾸역꾸역 올라간 이유
망치 소리가 떠다니기 때문
울고 싶어서 갔을 테고
그때마다 괴성, 신음
이천 년이 지났어도 요구대로
녹음기처럼 재현

엘리엘리라마사박다니
배우가 되어 울부짖고
관광객 되어 구경하고
골고다 언덕의 일상
못 뺀 자리 시린 줄은 알까.

# 한국말 어렵다

허무함만 쌓였다
새해 복 많이 받으란 말만 믿고
기다렸는데
아까운 복
아무도 나눠주지 않았다

기다렸다
달력이 가도 밥 먹자는 말이 없다
밥 값 비싼 줄 몰랐다

기도약속 해 놓고 잊었다면
돈 들어서,
기도 빚쟁이 참 많다

낮보다 밤에
사랑한다는 말 더 많다
어두워질 때를 기다리는 사람들은
빈말인 줄 알면서 기다리는 사람들은
지금까지 살았다.

# 그리하면

살리라
내가 높임을 받으리라
네가 구원을 얻으리라


누군가 살리라 앞에
작은 글자를 보라고 했다
그리하면
그 앞에는 동사만 쓸 수 있다고 했다
쉽다더니, 과연 그런가
그리하면 앞에
탄자니아, 이렇게 쓰고
살색을 그들과 맞추려고
곧장 비행기를 탄 친구가 있다
정물화가 동사(動詞)로 바뀌었다
동사를 움직이는 건
용기(勇氣)
쪼그려 앉아
빙어 낚시나 하던 그가.

# 욕심

쥐고 있으면 죽어
놔야, 손에 쥔 바나나 놔야
항아리에 낀 손 뺄 수 있어
원숭이 욕심이
그걸 쥔 손 놓지 못했다
밀림의 사냥법은 아주
간단하다고 했다

고수(高手)는 더러
더 큰 패를 얻기 위해
자기가 쥔 작은 패를 버린다는데
지혜다

유다가 판 예수
그 죄를 죽어서도 모르는 까닭
겨우 은(銀) 삼십 때문에

욕심이

죄를 품기만 하고 끝나면 좋은데
살려면 버려야 한다는 걸
모르는 것이 문제
늦게라도 안 너는 원숭이보다 나아.

# 용서

왜 그랬어
왜 그랬어
왜 그랬어
왜 그랬어
왜 그랬어
왜 그랬어

몇 번째가 질책이고
용서는 몇 번째인가

마음 닿는 대로
높이를
길이를
강약을 바꿔가며
왜 그랬냐고
질책과 추궁, 힐문, 책망, 공감,
용서를

가슴 뭉클해지고
흔들렸다면 공감의 시작
마지막 글자 어가
올라갔다가 내려갈 때
평소보다 몇 초만 길어도
용서의 시작이다
세 번 반복했는데 울렁거렸다.

# 응답

지독한 침묵
해도 해도 너무 하신 것 아닌지

금요일 밤에는 목이 쉬었고
낡고 묵은 것들 장마에
떠내려 보냈을 때처럼
귀갓길 가벼워졌는데
내 말 부드러워졌고
그냥저냥 넘어가 주는
아량을 베풀어 주셨으면 응답
적어도 내게 한 번쯤은
그렇게
그러셔야 되는 것 아니냐고
묻고 싶었다

따지듯 웅얼거려도 빙그레
저러고 계시는 저분 나만큼
속 터질 때 없었을까.

# 주일 주차장

예배 후 주차장
반짝반짝
누가 은혜를 버리고 간 걸까

아무리 급해도
분 낼 일 아닌데
거기가 어디라고, 서로

세상 험한 소리는
저녁 똥으로 나왔을 테고
너나 나나
기도하던 입으로
웬 바람 빠지는 소리냐는 거지

은혜가 추가로 필요한 사람은
주일 주차장에 가라
소유권 이전등기는 필요 없다
품질은 자신 없다.

# 촛불을 켜다

타들어 갔고
심지의 꼬부라진 머리를 보았다
가운데 선 심지가
탄 머리를 숙이지 않았더라면
촛불은 흔들리지 않았을 테고
타다가 주저앉을지라도
자리 떠나지 않는 초 몸의 숭고함에
그 송구 함이랴
촛불이 흔들리는 이유가 되었다
타닥타닥
어떻게 장작불을 이기랴만
타면서 날아가고
재로 흩어지고
당할 수 없는 불춤의 연기였으나
모일 줄 모르는 이기심은
변함이 없었다
제 몸을 때웠고
아끼지 않는 지고지순에

탄 심지가 고개를 숙였다
한 몸
장작과 달랐다
녹아 흘러내림이 두렵지 않다니
귀로 들어온 촛불이
내 안 자리를 잡았다.

# 풍경소리

살생의 욕구까지 연단
두 귀 쌓이는 굳은살
바람도 무심히 흘려보내지 않는
고행의 소리

처마 끝 말린 붕어 한 마리
쨍그랑 쨍그랑

공양간 행자는 아직
냄비 속 매운탕이 꿈속 들락날락
합장에 품격 더하는 소리로 들릴까
수계 전이니 그렇다 쳐도
불심이 탑만큼 쌓인 선승들
새벽마다 우는
더 큰 목어는 또 어떤 의미일까
세월 지나도 내려놓지 못하는
육욕의 흔적들
검버섯 짙어도

엎드리지 않으면 파고드는
페로몬 향수 한 방울

바람 흔드는 오도송
죽은 붕어의 울음.

# 그림자 밟지 마라

그림자 밟지 마라
아프다
아직 몰라서
꼬리 흔드는 강아지 말고는
웬만큼 크면 슬금슬금
꼬리를 내리거나 올리거나
달아난다

제 그림자 밟힐까 두려울 때
달아나거나
먼데서부터
짖기 시작하는 이유로
아픔의 기억이 크기 때문
모르는 개라도
그림자 밟지 마라, 아프다.

# 흔들리며 산다

심지 곧다고
촛불 흔들리지 않는 것 아니다

불꽃에 근심이 들어있고
흔들리고
멈출 때 고요함도 잠시
촛불의 생은 그렇게 타고 남은 까만 심지를
털어내는 연속

닫으면 흔들리고
문을 열면 흔들리지 않는 촛불에게
종잡을 수 없는 까닭 물었다

에밀레종이 아름다운 이유가
촛불처럼 흔들리는 소리 때문이라고 했고
막을 수 없었던 가슴
스쳐간 걱정은 모두
흔들리는 촛불을 넘은 적이 없다.

# 결핍의 시간

한파(寒波) 조심을
TV가 외쳤을 때
언 발 시릴 틈 없이 지나갔을까
찬바람만 가득 채우고
바들거리며 다가선
새벽 첫차, 빈 버스
뜬금없이
아무도 없는 정류장에
급정거한 이유
언 바람 넘어트린 후 쫓아내려는
몸에 밴
버스 운전사 습관이었을까
새벽기도 길에 잡힌 겨울 한 장
그렇게 짐작했다

한 낮 마른 시간은
변기 물 내려가듯 빨랐다
뒤돌아보니

겨울도 그러다가 갔고
기다리지도 않았는데 봄이 불쑥
내 나이만큼 빨리 왔다.

# 거미줄

거미줄은
푸줏간 불빛 닮은 색으로 치환되었다
벗은 여자들이 붙잡혔고
슬픔도,
컵라면 냄새와 일부 빠져나가지 못한
어두운 밤바람과 함께 거기 묶였다
졸음 섞인 성경 몇 줄도
읽다가 버린 듯
스크린세이버 거미줄에 걸려 있었고

알고리즘이 알아챘다
템프러리에는 발자국이 찍혔고
과학 수사대에 갈 것도 없이
착한 늑대와 나쁜 늑대 모두
밤샌 거미줄에 걸려있었다
미련한 나만 못 봤다
육조(六曹) 순라군 피한 도둑들
이곳까지 도망쳐왔지만

진화된 거미줄은 최신형이었다.

# 미세요

사람들은 익숙한 대로 움직였다
정한 기준 틀지 않았다

미세요
현관문에 붙은 스티커가
앞 뒤로 네 장이지만
덜컹
또 덜컹
당길 생각은 하지 않았다
이거 왜 이래,
남 탓하는 소리만 들렸다

한글을 모르는 거다
그래서 영어도 병기했는데 소용없다
안 본다
제발 미세요

당기세요 하면 그때는 밀까

청개구리의 심성이
본래 효자였다는 걸 안 것은
나중이었다.

# 깍두기

동네 형 덕분에
입으로 한 몫하던 시절이 끝나자
천덕꾸러기 됐다

힘 없이 우쭐거렸던 정체 드러났고
여기저기 기웃거렸지만
왝, 한 마디에
오줌 찔끔 싸는 처지는 부실했다

힘이든 겸손이든, 우왕좌왕
기대 살다가
어설픈 투명인간이 됐고
뒤처리 담당은 지루했다

맞는 말인데 귀담아듣는 이 없을 때
영양가 없이 외로운 날들
어느 날부터
새벽바람 꾸준히 쐬고 변했다

그의 편 들어주는 곳 생겼다
시골 작은 교회
일명 깍두기 장로
그가 그런 사람이 되었다.

# 먹는 이유

"이놈아 비어 있으면,
일은 고사하고 서 있지도 못혀"

고상한 척했지만
뱃속엔 긴
똥 한 줄 채워져 있었다
할머니도 그랬다

배가 빈 사람들은
시도 때도 없이 먹어댔다
서 있는 것이 원(願)이었기 때문

물어보나 마나
하루에 반은 서 있게 마련
하루 종일 출렁출렁
"사람은 말씀을 먹어야 사는 겨"
할머니 말씀 한 치도 틀리지 않은 삶이
줄곧 따라다녔다.

# 뭐라고 부를까

모래 한 알
생살을 파고들어 가
상처를 냈고
아픔 견뎌낸 조개는 진주가 되었다

웬만한 조개는
고통을 싸매지 못하고
포기
조개껍데기만 수북이 쌓았다

두 손 모아
꼬박꼬박 믿음을 쌓는 동안
왜 아프지 않았으랴
견뎌 낸 성도의 눈물
진주만큼 되지 않았을까

진주가 보석이면
견뎌낸 성도는 뭔가.

# 제 3 부

# 거룩한 시간

# 고향

고향에는
타향만 남아 있었다
새로 고향이 된 사람들이
더 많은 고향에는
종중에 모친이 계셔도 알 리 없었다
내 그리움은 점점 바랬다
그걸 알아채 버렸을까
고향은 나이 든 나를 알았을 테고
데면데면,
타향에서도 뜨내기 취급받는 판이라
서운했다
고향은 군대 같았다
자주 가지 못한 탓이 크지만
원망은 흩어져 버렸다
사이버 공간에 비싼 문패 하나
달기로 했다
명절이 다소 어색했을 뿐
외려 낯설지 않았다.

# 백수(白手) 일기

도(道) 닦느라

산은 멀고 무섭고
하루 종일 벽 보고 앉아
게슴츠레, 눈을 감았다가 떴다가
마주 보고 있으면 깨우치는 득도
굳은 신념
때로는 와불(臥佛) 되어
이쪽으로 눕고
돌아서 눕고
기도응답 공개하지 않았지만
스스로 깨달음의 경지에 이르면
울다가
웃다가

정적 속 삐 소리 날 때까지
득도는 소신(所信)
삼천 배(拜) 수행 생략되었어도

감사예물 잊지 않는 이유

소파에서
TV 켜고 자면 천 원
TV 켜고 불 켜고 자면 삼천 원
득도(得道)고 뭐고
벽에 붙은 경고문이 눈 부릅떴다
해 뜨면 가차 없다.

# 상수(常數) C

탕(湯)에 들어가기 전에 쟀다
120근
나올 때 댓 근 남짓 빠졌다

몸이 천 근이었는데
저울은 왜
몸의 일부만 찍는 걸까
나머지는 어디다 두고
그게 마음일까
옷일까

옷 입고
몸무게 잰 적 없었으므로
천 근은 마음의 무게

저울 회사는
소(牛) 잴 때뿐이었으므로
천 근씩이나 되는 저울을

만들어 둘 이유는 없을 것 같아서
마음의 무게는
남녀노소 구분 없이
상수(常數) C로 됐다.

# 신발 길 내는 것처럼

새 신발
처음부터 잘 맞은 것 아니다
발의 텃세로 달포 절뚝거렸고
신발도 그랬다

홀대받고 살다 보니
비싼 신발 품어 줄 마음 없었던 발
참았더라면 홀가분했을 텐데
신세를 볶았다

삿대질한다고 편했을까
못난 성질
세상이 바뀔 것도 아닌데
아버지 사진은 왜 올려다보나

신발 길 내기 한 달
봐줘서 두어 달이면 될 삶이라면
이쯤 구부러진 못도 펴질 때
관(棺) 들어가기 전에.

# 엘리베이터

불렀더니 코 앞 조르르
다가와 서서 대답한답시고 덜컥
앞자락 열어젖히는 오지랖
다소 굼뜰 때 있지만
그러려니
주인님 부르셨나요, 나타나는
지니처럼
오직 검지손가락 하나로, 콕

친한 사이 맞지만
부르지 않으면 모르는 척
멀뚱멀뚱, 문 꼭 닫고 서서
제 속 드러내 보이지 않는
확실한 주종관계
문 뒤에서 낭떠러지를 막는 충성
그냥 쇳덩어리인 줄 알았던
그의 따뜻한 가슴.

# 떡국은 왜 삐딱한가

떡국 된 것에 대하여
불쾌했단 말인가
쌀 얘기다

나이 한 살
그 아까운 그걸
단숨에 먹어 치우고
일 년을 기다려야 하는 자괴감
거부의 수단은 삐딱함

또 그날은 설날
가족들 잔소리는
남보다 못한 힐문
하루는 일 년 보다 길었고
지루함에 대한 저항
떡국 삐딱함은 그 증거가 되었다

처음 몇 년은 동그라미였다

사춘기를 지나면서 시작된
가슴앓이
삐딱한 떡국의 시작을
아버지께 들었고
아버지의 아버지에게 입으로 전수
내력이었다.

# 달의 무게

달아 얼마나 가벼우면
꼭대기 앉아
뭉기적뭉기적
썩은 가지 하나를 못 꺾었니
너를 안고
뛰어든 이백(李白)은 어딜 가고
강물 위 너만 홀로 떠 있느냐
천 년이 가도
느릿느릿 아이의 책 속에 들어가
나올 줄 모르는 달아 너는
얼마나 무거운 것이냐

누운 청보리밭
보고 듣고
뜨거운 젊은이들 밤을
어디다 옮기고 싶었을 텐데
입이 무겁구나.

# 거룩한 시간

차별이 없다
맛이 있든 없든, 뭐든
비싸든 싸든
짜든 맵든 누가 어디서
무슨 얘기를 나누며 먹든, 똥 된다
안심이다
없이 사는 사람들 다행이다
먹으면 금으로 나왔다면
얼마나 손해인가
아픈 배 내려다보지 않아도 되는
고마움이랴
금이 똥 된 적은 없지만
똥이 금 됐다면 약이다
차별 있는 세상에서
차별 없어서 좋은 것
하루 한 번
힘쓰며 감사하는 거룩한 시간
누구나.

# 달의 뒷면

나이 들 때까지
한 번도 본 적 없는 달의 뒷면이
궁금했다
몸살까지는 아니었지만
멈추지 않았다
보이기 싫었으니, 어쩌랴
갸웃거림 바뀐 적 없으니, 어쩌랴
달이나 나나

거치고 거쳐서
보고 싶은 곳 봤다
보여주기 싫은 곳 뵈고 말았다
파이고
얽고 그랬었구나
달에게 미안했다

그러려고 그런 것 아닐 테지만
누구나 말하기 곤란한 것

보여주기 싫은 곳 왜 없으랴
그때마다
호주머니 뒤집듯 할 수 없었다면
왜 안타깝지 않았으랴
몰랐을 뿐 햇빛은
그믐밤 달의 뒷면 늘 비추고 있었다

몰라도 되는 것
그러려니 넘어가 줘도 되는 일이
세상에 달의 뒷면뿐이랴.

# 전기(電氣)


입 닫고 산다고 죽은 놈 취급하지 마
무시당할 처지 아니야
건드리지 마
안 뵌다고 가벼운 놈 아니야
나 없이 아무 일도 못 하는 것 알아
우쭐대지 마
내 앞에서 그래도 되는 거냐고
돈 내는데 무슨 상관이냐니
내지 마
안 받고 안 주면 되겠니
대우받으려고 그러는 것 아니야
각자 역할이 있는 거야
너 없이, 나 혼자 뭘 하겠니
바람 깨운 나뭇잎에게
손가락질하지 마
수틀리면 흔들어댈 테고, 일 나
바람은 나와 같은 종족이야.

# 고백

미움이 몇 년째
가슴 깊숙이
티눈처럼 박혀있는 것에 대하여
모르는 척 해도
속일 수 없는 얼굴
가슴 쓰림은 남모르는 비밀이 되었다
대수랴 싶어 덮어두고 있었는데
해마다 자라나더니
쟁반만큼 커졌다
제 발로 컸으니 남 탓일까
약 바르면 나을까 했는데
티눈 도려낼 때처럼 아물어도
원망할 수 없을 만큼 남을 듯하다
장마에 떠 내려와
제 멋대로 솟은 지뢰를 만났을 때처럼
아슬아슬한 요즘
미움이 내 안 그렇게 버티고 있다
말 한마디 꺼낼 그 몇 초가 없어서.

# 크느라고

떠난 지 100년 된 별이
지구에 도착했다고
그날 밤 흥분한 TV가 침을 튀겼다
가물가물, 먼 빛만 보이는
별은 창문을 쉽게 넘어오지 못했다
피곤한 탓이거나
숫기가 없거나
예의 바른 탓이리라
100광년을 가늠하는 아이는
계산기를 눌렀고
떠난 지 몇백 년째
아직 도착하지 않은 별 얘기에
별 할아버지라고 중얼거렸다

죽으면 별이 되는데
별이, 꽉 찬 밤하늘
가까운 하늘에는 자리가 없어서
나도 죽으면

백광 년은 가야 자리를 잡을 수 있을까
생각 깊어진 아이의 긴 밤
누구나 한 번쯤 가위눌렸던 기억이
이빨 날 때 물어뜯던 버릇처럼
간질거리며 올 때
새순 돋는 봄은 다시 코앞이었다.

# 열처리(熱處理)

어설프면 깨진다
달궜다가 식히고
그런 반복
쇠가 쐬가 되는 과정이다

비가 땅을 적셨고
그러다가
해를 끌어와 말리면
성한 놈은 살아서 독이 오르고
그러기를 한 달포쯤
못 견딘 무녀리가 주저앉은 땅은
뜨끈뜨끈한 여름 되었다

"이놈아 개천에서 용 나는 겨"

어쩌랴
가난한 아버지의 가슴 아픈 소리
아들의 귀에 가난이

나이테처럼 하나 더 앉았는데
용은 언제쯤 오를까.

# 소회

그렇게 생각했을 테지
죽은 거라고

싹둑
탯줄 잘리는 소리에 떠나갈 듯
울었던 까닭
버려졌다는 직감을 스쳐간
죽음의 두려움 때문

편안했는데
따뜻한 양수를 떠나 순식간에 맞은
세찬 찬바람은 죽음의 시작
그렇게 생각했을 테지

죽어야 산다는 의미를
그게 무슨 뜻인지 알게 된 것은
그로부터 상당히 먼 걸음 내디딘 후
죽음과 부활에 대해 눈을 뜬 다음
그때도 그때처럼 울었지.

# 허튼소리

사람 손 닿고 움찔하던 굼벵이
굼벵이끼리 닿으면
그냥 가던 길 가던데
전철에서 등에 앉은 긴 머리카락을
떼어 줬는데
움찔하는 여자는
굼벵이일까
앞이건 뒤건 간에.

# 잘

달랑 외마디
간절한 무게가 천 근이다
절대로 가볍지 않은 그걸
매 번 혼자 든다
투덜거리지 않는 건 천성이다

잘 생겼다
잘 썼다
잘 해낼 줄 믿는다
잘 먹어라

조연,
주인공이라니
오로지 높여 주고 올려 주고
평생 남을 도우며 산다
반짝반짝
구두를 닦아주는 사람 같다

값어치 없는 것 아닌데
흔하게 남발하여
그저 그런 상황이 되었을 때
잃은 자존감으로 방황할 때는 있다

어느덧 우리들 삶의 일부가 됐다
밥을 손으로 먹는 민족들에게는
필요하지 않을 수도 있겠다
그 잘.

## 전하, 되옵니다

그때나 이때나
한 목소리였던 때 있었을까
내 뜻 아니면
전하, 아니되옵니다, 외치다가
밀리면 작살나는 판
상소를 하고
그러다가 물고를 당하던 반복
조건 없는 게 법이던 시절
삼종지도가 있었고
해가 따뜻해지면서부터
수틀리면 갈라서는
부부라도 양보 없는 각박한 지금
민주라는 단어가 머릿속에서
쉽게 섞여버렸다
돌아보면
조선시대 내내 물고 물리고
어림없는 소리
비 오면 곰팡이 피듯

상소는 외려 성군에게 쌓였고
물고도 잦았는데
요즘 영락없는 그 시절 붕어빵
노론 소론 남인 북인
양보도 없고
타협도 못하는 천치들
전하, 되옵니다
언제 적 들어 본 소리인지.

# 말 같잖은 소리

반가웠다
죽도 건너가는 뱃전에 섰는데
치악산 말간 물이
뱃머리 튀어 올라왔다
굽이굽이 고단했을 텐데
고향 사람을 금방 알아봤다
군대 어디냐
고향 어디냐
그럼 학교는 어디냐
하다 하다
마누라 고향까지 어긋났을 때
둘 사이에 뭐라도 하나
억지로 꿰어 맞추려는
동물적 습성, 늙으나 젊으나
처음 만났을 때 한결같은 물음이다
자리 털고 일어나면
기억하지도 못할 질문들
개헤엄 치는 주제에

국가대표를 우습게 말하는 허세
'영삼이 대중이 종필이'
그분들을 늘 친구처럼 불렀다
사내들 가슴에 하나씩 있는
허풍주머니
영락없다.

# 보라색

어른들은 왜 모를까
웬만한 초등학생도 아는 그걸
빨강에 파랑을 섞으면 보라색 되는

말씨름은 피곤했고
TV는 차라리 끄는 편이 나았다
두 색은 섞이지 않았다

무덤처럼 쌓인 것은
자괴감이었다

남인 북인
노론 소론이 섞이면
키움 히어로즈 같은 보라색이 되고
우승 넘보는 힘이 생길 텐데
전하 아니되옵니다, 상소만 무성
그때마다 나라는 위기였다.

# 역설(逆設)

뭉치면 살고
흩어지면 죽는다

초대 대통령의 연설이
귀에 쟁쟁
그 시절 왜 그랬는지
살아보지 않아서 알 수 없지만
명 연설로 통했다

비 오는 유리창 가에
오래 서 있었다
옳은 것도
항상 옳은 게 아닌 것을 알았다

흩어진 빗방울이 뭉쳤을 때
흘러내렸고
흘러내리지 않은 물방울은
뭉치지 않은 것들이었다.

제 **4** 부

모자로구먼

# 국화

남 칭찬이 들어가 있다면
된 사람의 말 품새다
열에 하나
뒤지면 나온다

남 깎아내리는 말속에 든 뜻은
나는 그렇지 않다는
교묘한 반어법의 노림수

주인보다 빛나면 안 된다는
권력의 속성을 아는 듯
그가 불 꺼진 무대에 섰다

모두 철상(撤床)한 뒷자리
이슬 찬 곳에서 향기조차 겸손한
군자의 내밀한 품격을 만났다
국화, 참 공손했다.

# 거울

웃더라
그래서 나도 따라 웃었다

나 하는 그대로 흉내를 내서
놀랐다
서로 놀랐다
거울이 하는 대로 나도
곧잘 했다
그것 참, 신기하기도 하고

밥 굶을까 싶어
해찰 부린다고 혼날까 봐
뒤돌아섰다
나 없이
혼자 웃다가 울다가 거울이
그랬을까

기뻤고

거울 때문에 슬펐다
눈 깜박거린 숫자까지 얼추
틀리지 않았다는 것을 확인하니
나도 거울 같은 배려
남을 위하여
더 자상하게 해야겠다는 다짐
당분간
미련하다는 소리를 듣더라도.

# 노을

하늘 성애(性愛)의 놀라운 클래스다
전희(前戱)는 아주 느렸으므로
무슨 짓을 하는지 아무도 몰랐다
사람들은 땀을 흘렸다
짧은 절정에 감탄
하늘은 오케스트라의 마지막 같았다
올려다볼 여유가 없다고
하찮은 축에 드는 것은 아니었다
연인들은 흥분했다
열애에 동원된 사람들이다
엄마 뭐 해,
아이처럼 묻는 사람 없었고
하늘도 클라이맥스 이후 몰락은 빨랐다
밤꽃 냄새 퍼지지 않았지만
부끄러움을 아는 염치는 있었다
그 후 검은 장막을 쳤다
육중한 하늘
힘에 부친 것이다

양산 쓰는 이가 없는 요즘을 두고
웬만큼 아는 사람들이 하는 말
항우장사 아녀,
노을이 없는 까닭이다.

# 슬픈 낙타

속이지 마라
웃음 뒤에
젖은 양말 숨겨져 있음을 안다

사나운 낙타는
떨어지는 별이 무서웠을 테고
눈물 자국
그리움의 흔적이다
누군가 가을밤 내다봐야 하는
이유로 충분하다

다가서서 울어 주어라
가을, 아직 지나가지 않았고
바람도 남아 있다
국화에 꽃잎 흔들리거든
유심히 보아라
낙타의 흐느낌 섞였으리라
울음 그쳤을 때

순한 낙타 한 마리 거기 있을 테니
웃어 주어라

누가 이 가을
낙타의 울음 듣거든 소식을 다오
010 8819 2588
남은 내 울음 보탤 테니.

# 모자로구먼


모자로구먼 했을 때
설명하지 않았다
견고한 선입견이었다

코끼리를 삼킨 보아뱀 그림을 두고
어른들은 매번
왜 모자가 겁나냐고 했고
그게 아니라고 했지만
끝내 모자가 되고 말았다
허탈
어린 왕자는 다른 길을 갔다

품 떠난 시가
길을 헤멜 때
놔뒀다
김병연처럼 시 한 줄 던져놓고
슬그머니 줄행랑치는
그런 시를 못 쓴 탓이다

그게 아니라고 따질 일
아니었다
품 떠나면 소용없다는 옛말
거짓은 아니었다.

# 착각


그냥 가만히 있어도
오리는 그냥 물에 떠 있는 줄 알았다

버려진 필름이 80%
수 없는 NG를 맞아야 겨우
TV 안에 들어갈 수 있다는데
켜면 단박에
누를 때마다 자동으로
맘에 드는 연기가 나오는 줄 안다
그게 아닌데

목소리 커서
이긴 줄 알았을 테지만
골다공증 든 뼈처럼 허약
허세 든 말, 모두 알고 있었다

나이를 먹으나 젊으나
제 기준으로 판단하는 걸

말릴 재간은 없다
머리 좋은 걸 어쩌랴
입술은 우둔했으면 좋겠는데.

# 꽃을 기억하라


잠깐이라니
피고 지고 꽃,
그들에게는 일생이다

살다가 한 철
꽃구경 다녀온 사람들과는
비교하지 마라
한가한 삶이라느니, 그런 소리 일절
하면 안 된다

질 때 외면당하는 꽃의
자괴감은 위로해야 한다
꿀 때문이라면 위선이다
벌을 감싸고
꽃을 잊음은 명백한 편애다

명주실처럼 긴
모순(矛盾)의 끝 도무지 잡히지 않았다.

# 해

물에서 났지만
결국 물귀신을 이기지 못하고
바짓가랑이를 잡혀 버둥거리다가
바다에 빠져 죽는소리
귀를 모았지만
처참한 모습 보이기 싫은 듯
검은 커튼을 올리는 해에 대하여
겁이 많다는 걸 알았다

도대체 해는
산삼을 몇 뿌리나 먹었기에
안 늙고
더울 때 시원한 소나기 한 번 맞고
물에 빠진 개가
흔들어 몸을 털어내 듯
천연덕스럽게
살고 죽기를 반복하는지 궁금했다.

# 전봇대

전기를 이고 살면서
전기 맛을 모른다
까치가 집을 짓고
광고지 더덕더덕 붙어도
소유권 주장은커녕
싫은 내색도 못하는 그에게
멀뚱멀뚱 서 있을 때, 참 착혀
했다
꼿꼿하여
관심이 없는 게 정치뿐이 아니다
허우대 멀쩡한 그가
자기들끼리도 거리 두는 건 철칙
무서워하는 것 하나
오른쪽 뒷다리를 들고
두려움 없이 화장실로 쓰는 강아지다
뽑아서 이쑤시개로 쓰겠다고 우기는
취한 술꾼도 마찬가지
그 무서운 전기 얘기

일절 안 하는 이유가
궁금하다.

# 월북

휴전선을 넘어 도주했습니다
오늘 새벽
태풍 카눈이 월북하였습니다

나뭇잎 하나도 탈 난 게 없었다고
방송국이 이른 새벽
같은 말을 반복하였다
밤 지새운 TV가 멋쩍었던 것이다

술 취한 놈이
갈지 자로 걷다가 정신이 들어
제 우스운 꼴을 알았던 걸까
해뜨기 전 철조망을 넘어 도주했다

테이프를 유리창에 덕지덕지 붙었는데
고얀 놈
이른 아침 떼로 우는 매미
카눈의 월북을 축하하는 공연 맞다.

# 그 여자

이리 가라 저리 가라,

입 다물고
그만하라고 여러 번 말했는데
하물며 조심해라
훤히 아는 동네에서도 애 취급
거침이 없는 여자
마누라보다 더
내 곁에 오래 붙어 있었으므로
이제 자연스럽게 엉덩이 들이미는
내비게이션 이 여자
좋은데
언제쯤 내 얘기 귀담아 들어줄지.

# 화장

알아보지 못하고
갸웃갸웃
어색하게 그냥 지나쳤던 순간
어디서 본듯한데
쉽게 떠오르지 않았다

'예의가 없네'
'경우가 없네'
'게으르네'
'세상 편하게 사네'
여자에게 쏟아진 화살들
어쩌다가
화장 없이 나섰을 때다

위장하듯
변장하듯
오로지 남을 위한 긴 투자의 시간
위선인 줄 알았는데

인정받으려는
욕구
허세가 아닌 생리적 배려

여자에게 얼굴은 왕
그날 그녀는 평민이었으므로
나의 무례는 용서되었다.

# 구출

송곳니 사이에
협착
돌아오던 내내 걸쭉거렸다
참을성 없는
엄지와 집게손가락 주저앉히느라
진땀 흘렸다
질긴 배추김치 가락 한 줄
요즘 비싼 소고기였더라면
그랬더라면
억울하지는 않았을 텐데
대문 앞 몇 발자국 전
말랑말랑한 혀가
해냈다
잇새에 껴서 뼈만 남은 듯 하얀
질긴 김치 가락 한 줄을
구출해 냈다
퉷.

# 다시 애

올해도
어머니 무덤에 할미꽃 늘었다
왜 하필 이 꽃인가 하여
꽃 지면 뽑아야지 하다가
객지생활 핑계만 댔다
한두 번 다녀가는 아들 걸음보다
외로운 어머니 곁
흔들어 드리는 할미꽃이 더 효자
흐리다가
살금살금 내린 늦봄 가랑비에
발목 젖었지만 감히
못 뽑았다
말벗 나무라지 말라는 어머니가
귓전에 와 계셨고
알았다고 했다
그때 어머니보다 많은 나이인데
할미꽃 옆에서 눈물 찍는 나는
아직도 애다.

# 장수 비결

난지 서너 달쯤,
가르치고 배운 적 없을 텐데
수백 살 드신 은행나무 할아버지께
인사는커녕 다리 하나 불쑥 들고
복숭아뼈 아래에 찔끔
오줌을 쌌는데
더 싸라 이놈아 하시는 듯
부르르
이파리 하나 흔드셨다
오줌은 강아지가 싸고
몸은 할아버지가 떨고
생리현상이라고는 해도
족보 저 아래 어림도 없는 놈에게
나무라기는커녕 속도 없이
수염 쥐고 흔드는 손자 어르듯
임진년 왜란 때도 청년이었던
나이 팔백 살 드신
반계리 은행나무 할아버지의

명료한 사랑 표현법이 그랬다
장수 비결.

# 검은깨 두 알

증편 정수리에
검은깨 두 알 앉아 있었다

검은깨 한 알
많거나 적거나
그로 인하여 증편 맛이
바뀔 거라는 생각은 들지 않았으나
하얀 증편 위 검은깨 두 알
그날 왜 없었는지 궁금했다

대개 엄지와 검지를 들어
넓적한 정수리를 찾아 올려놓던
그 일 맡았던 그이는
하필 그날 무슨 일이 있었던 걸까

그 작은 검은깨 두 알이
쓸데없아 민감했던 그날 내내
무슨 날이었는지 궁금했다.

# 어두워야 잘 보인다

어두워야 잘 보인다
별이 그렇다

그저 그런
네가 아니라는 걸 알았고
더 선명하게 알고 싶었을 때
불이 꺼져야 빛이 났다

별이 그랬듯이 너도 그랬다
내가 어두워졌을 때
네 마음 항상 내게로 왔다
밝을수록 세상은 환해졌지만
나는 희미해지고
너도 무의미해졌다

어두워야 잘 보였다
별이 그랬다
네가 그랬다.

# 핸드폰님

내 하루를 지배하는 것은
잠과 졸음이 30%
나머지 70%는 핸드폰이었다

벨이 울렸을 때
후다닥, 성경을 덮고
군인처럼 재빠르게 응답을 했고
바르르 떠는 핸드폰을 번쩍
들어 올리는 신속함
하나님 위에 핸드폰님이 계셨다

수십 년 새벽길 달려가 만나 뵙던
그분 앞에
잠시라도 안 보이면
불안하고
초조하고
잃어버린 금반지 찾듯 법석
핸드폰님이 가부좌로 앉아 있었다

누가 뭐라고 하지 않았는데
스스로 지배당하는
내 하루 알고리즘의 최상위 포식자
대낮에도 버젓이
벗고 있는 상업적인 여성에게는
말 한마디 못 하는 주제에
거룩한 척
그 위선 핸드폰님이 알고 있는데.

# 꽃은 무죄

시끄럽거나 말거나 꽃은 피었다
듣고도 못 들은 척,
그랬는지 알 수는 없다

더러운 냄새가 나거나 말거나
삐쭉이 꽃은 피었고
속도 없이
하필 쓰레기 더미 옆에서

온갖 감언이설
예쁘다는 말로 치근덕거릴 때도
헤벌쭉, 몸 파는 영업용으로 오해
돈거래를 본 적 없다면
꽃에게 죄는 확실히 기각이다

부르지도 않았는데
봄이 왔고 꽃이 피었다면
가스라이팅이 다분하다

꽃이 무턱대고 달력을
쫓아만 가는 스타일 아니었으므로
무죄, 방면은 합당한 것이었다.

# 잡초

저항
뽑히지 않으려는 안간힘을 몰랐다
본래 저들 땅이었는데

잡초라고 불렸으나
본래 이름은 아주 길었다
아무도 그 이름 눈치채지 못했다
잡초로 죽는 것은
본래 이름 모르는 것만큼 억울했다

잡초의 저항은
그래서 소리 없이 진행되었던 것

잡초의 꿈은
본래 이름으로 꽃을 피우는 것
외로움 견뎌
버림받은 시간을 나열하는
꿈이 이슬에 젖을 때가 좋았다.

# 아내를 바라보는
# 특별한 시간의 무게


## 임 동 윤
### (시인)

# 아내를 바라보는
# 특별한 시간의 무게

## 임 동 윤
### (시인)

　김용기 시인의 시편에는 아내에 대한 온기로 가득하다. 동시에 그만의 직설적 화법이 시집 전편에 관류하면서 맵찬 봄바람마저 엿보이게 한다. 군더더기 없는 어휘 구사를 활용해 푸른 파도를 넘실거리게 하는가 하면, 단단한, 그만의 거침없는 옹골찬 숨결로 시편 이곳저곳 너울마저 일게 한다.

　그간 『빚쟁이 되어』 『목마르다』 『미명』 등의 시집을 펴내었고 그 뒤를 잇는 네 번째 시집 『아내의 저울에 눈금이 없다』를 통해서 시인만의 단단한 현실 인식과 삶의 결기를 다시 한번 확인하게 하는 것도 그렇다. 가깝고도 밀접한 관계에 놓여 있는 이들과의 반복적 일상이 빚어내는 파장은 크다. 대상에 대한 '관심'의 무게와 크기 그리고 그 방향성에 주목하게 함으로써 성과를 나타내고 있기 때문이다.

시집의 전반에 걸친 시 세계를 가까이 들여다보면 대상에 대한 관심은 매우 당연하고 자연스럽다. 그것은 우리의 일상에서 언제든 맞닥뜨릴 수 있는 아주 익숙한 삶의 한 부분이기 때문이다.

그러나 시인에게는 매번 새롭다. 그래서 충분히 주목하게 한다. 중요한 것은 아주 익숙한 그 무엇이 특별한 그 무엇인 것처럼 단호하게 시선을 끌어들이고 있다는 것이다. 그것은 시인이 가진, 시인만의 강점일 것이라고도 말할 수 있을 것이다.

시편 곳곳에 장착한 간결하고도 섬세한 부분 역시 독자의 시선을 확장하게 한다. 동시에 시인의 단단한 일상이 만들어낸 유연함과 결속의 관계를 여과 없이 보여주기도 한다. 또한, 눈앞에 놓여 있는 그대로의 현실, 가감 없는 현실이 독자를 아주 편하게 한다. 동시에 시인의 단단한 일상이 만들어낸 유연함과 결속의 관계를 여과 없이 보여준다. 이 역시 그가 가진 강점이다.

가령, 「시인의 말」에서 살펴보더라도 시를 향한 시인의 마음은 절절하다. '통점을 막아내지 못했다/ 가슴까지 닿았고/ 전이는 빨랐다/ 달력이 부활절을 눈치챘을 때/ 슬픈 눈은 다시 커졌다/ 내 시(詩)가 그 전이 앞에서/ 통증을 막아냈다/ 아픔이 시 앓이였다니/ 늦은 통회(痛悔)는 또 다른 고통/ 뒤늦게 아파하는 사람들 옆에 서서/ 그들을 느끼고 있다/ 조이와 선명한 시그늘 아래 살아가는 일상은/ 새로운 기쁨이다' 라고 단단히 고백한다.


        지지직
        서로 겹쳤을 때 소리가 안 들리는
        전파 교란이 있지만
        어림없는 소리
        그 많은 어린애들이
        찢고 까불며
        먼 곳에서 떠들어도
        제 아이 우는 소리는 용케
        골라내 듣는 엄마의 귀는
        고성능 안테나
        일어나 뛸 때마다 틀린 적이 없다
        급할 때
        아이를 솔개처럼 낚아채는
        엄마에게
        숨겨진 발톱이 있다.

                        ―「엄마는 총알」 전문


        어지간해서

주변 모르는 사람이 없는
엄마 비밀번호가 비밀일까
그것 하나로
여기저기 다 쓰니
맘먹으면 집 한 채 날아가도 모를 일
엄마 벨 소리였다면 십중팔구
잊으셨을 테고 또 물어오신 거다
뭐시냐 거시기,
엄마 이메일을 가끔 들여다본다
만든 까닭이야 뻔하지만
쌓인 쓰레기를 본 적 없으시니
썩은 냄새가 뭔지도 모르신다
사고 흔적 없음이 다행
쓰레기 치워드릴 때마다,
은행 가서 전화하실 때마다,
친구들 만나면 쿠팡 한다는 자랑
그럴 때마다,
나는 엄마 관리인이 된다
남들 앞에서 자랑거리인 나는
엄마 관리인이다.

— 「엄마 관리인」 전문

시인은 '엄마'에 대해서, '엄마'와의 관계에 대해서 전혀 경계가 없다. 이것저것 가릴 것 없는, 굳이 가릴 것이 뭐가 있느냐는 듯 여과 없이 있는 그대로 탈탈 털어낸다. 아무런 주저조차 없다. 아니, 오히려 당당하기까지 하다.

부모 자식 관계에서 별달리 숨길 것이 없고, 굳이 숨겨야 할 필요도 없다는 듯 아주 거침없는 것이다. 그때그때 일어난 일을 옆집 이웃에게 말하듯, 친구에게 말하듯 세상을 향해 툭툭 털어내는 것이다. 이는 서슴없을 뿐만 아니라 오히려 적나라하게 드러냄으로써 과정과 행위를 확인하는 결과를 보여준다. 그만의 직설적 화법으로 펼쳐낸 엄마의 비장의 무기는 '숨겨진 발톱'이다.

아무리 강한 전파 교란이 있을지라도, 아이들이 많아도, 소란스럽고 거리가 멀어도 '제 아이 우는 소리는 용케/ 골라내 듣는 엄마의 귀는/ 고성능 안테나'로 바꾼다. 절대 오류가 일어날 수 없다는 것을 가감없이 보여준다. '숨겨진 발톱'에 의해 '솔개처럼 낚아채는' 정확하고도 빠른 솜씨마저 가졌다는 것도 재차 확인하는 것도 그렇다. 세상에 존재하는 대부분의 부모는 제 아이의 울음소리를 먼 곳에서도 감지하는 초능력과도 같은 청각을 가졌다는 말이 있다. 다소 과장된 말이나 여럿이 울어도 제 아이의 울음소리만은 한순간에 알아챈다고 한다. 그것은 더도 덜도 아닌 부모이기 때문이다.

그러나 시 「엄마 관리인」은 더 이상 '숨겨진 발톱'을 가진

날렵하고도 정확하며 단단한 어제의 어머니가 아니다. 힘없고 기억력마저 퇴화한 오늘의 늙은 어머니를 보여준다. 그 어머니를 시인은 작품 전면에 부각한다.

어머니는 개인 이메일을 가졌으나 비밀번호를 자주 잊어 그때그때 아들에게 도움을 구한다. '뭐시냐 거시기,' 라고 자주 묻는 것이다. 뿐만 아니라 물건 구입을 위한 '쿠팡' 에 접속하거나 '은행' 을 가는 것도 스스로 하는 행위가 아님에도 친구들에게 자랑한다. 여전히 오늘의 '나' 가 당당한 현재진행형의 삶을 이어가고 있다는 것을 드러내는 것에 다름아니다.

그러나 이는 아들의 도움 없이는 불가능하다. 이제 나이가 들어 단일한 비밀번호로 바꾸었으나 그마저도 자주 잊어버리니 어쩌겠는가. 야무진 '관리인' 이 필요할 수밖에 없다. 시인은 '남들 앞에서 자랑거리가 된' '나는 엄마 관리인' 임을 묵묵히 그리고 당당히 드러낸다.


가늠으로
물 주는 시기를 아는
아내가 신통하다
죽은 화분을 본 적이 없다

부엌에는
얼추라는 저울이 있고

끼니마다 다르지만
맛없어서 버린 적 없다면
정확한 눈금인가

그날은 틀리지 않았다
애들 사춘기다
엄마는 가슴이 저울이다
애들 요리 잘한다
눈금 정확한 사춘기의 대가다

아내가 숨긴 저울은 가늠이다
얼추다
눈금이 없어도
저울이 틀리지 않은 이유는
사랑이 눈금이기 때문이다.

— 「아내의 저울에 눈금이 없다」 전문

　위의 작품 「아내의 저울에 눈금이 없다」는 작정을 하고 직설
적 화법으로 여과 없이 아내를 전면에 내세우고 있다.
　'가늠으로/ 물 주는 시기를 아는/ 아내가 신통하고/ 죽은 화
분 본 적이 없다' 라고 확언하는가 하면, '부엌에는/ 얼추라는

저울이 있'는데 끼니마다 달라도 맛없어서 결코 버린 적 없다고 한다. 그 얼마나 '정확한 눈금인가'. 라고 감탄한다.

　그뿐만이 아니다. '그날은 틀리지 않았다/ 애들 사춘기다/ 엄마는 가슴이 저울이다/ 애들 요리 잘한다/ 눈금 정확한 사춘기의 대가다'라면서 뒷받침 논거로 삼기도 한다. 아내에 대한 시인의 확실한 믿음은 여기서 멈추지 않는다. 한 걸음 더 나아가 '가늠'이라는 저울에 대한 판단이다.

　그것은 아내가 가슴 속에 숨겨놓은 '얼추'라는 저울이 얼마나 대단한가 감탄하기까지 한다. 그 뒷받침 논거로 '눈금이 없어도/ 저울이 틀리지 않은 이유는/ 사랑이 눈금이기 때문이다.'라고 강조하는 것이다. '눈금 정확한 사춘기의 대가다'라고 확언하면서 그 어떤 믿음보다 더 강하고 그 어떤 무게보다 더 센 '아내가 숨긴 저울'은 '가늠'이라는 눈에 보이지 않는 추상적 무게를 통해야만 비로소 현실적 실체를 확인할 수 있다.

　'얼추'와 '가늠'이라는 의미의 동의어가 내포하는 것은 사실 아내에 대한 시인의 깊은 신뢰를 보여준다고 하겠다. '눈금이 없어도/ 저울이 틀리지 않은 이유는/ 사랑이 눈금이기 때문'이라는 대목에서 충분히 파악되고 있기 때문이다.


　미움이 몇 년째
　가슴 깊숙이

티눈처럼 박혀있는 것에 대하여

모르는 척해도

속일 수 없는 얼굴

가슴 쓰림은 남모르는 비밀이 되었다

대수랴 싶어 덮어두고 있었는데

해마다 자라나더니

쟁반만큼 커졌다

제 발로 컸으니 남 탓일까

약 바르면 나을까 했는데

티눈 도려낼 때처럼 아물어도

원망할 수 없을 만큼 남을 듯하다

장마에 떠내려와

제 멋대로 솟은 지뢰를 만났을 때처럼

아슬아슬한 요즘

미움이 내 안 그렇게 버티고 있다

말 한마디 꺼낼 그 몇 초가 없어서.


—「고백」 전문



왜 그랬어

왜 그랬어

왜 그랬어

왜 그랬어

왜 그랬어
왜 그랬어

몇 번째가 질책이고
용서는 몇 번째인가

마음 닿는 대로
높이를
길이를
강약을 바꿔가며
왜 그랬냐고
질책과 추궁, 힐문, 책망, 공감,
용서를

가슴 뭉클해지고
흔들렸다면 공감의 시작
마지막 글자 어가
올라갔다가 내려갈 때
평소보다 몇 초만 길어도
용서의 시작이다
세 번 반복했는데 울렁거렸다.

—「용서」 전문

위의 두 편의 작품 「고백」과 「용서」는 원인과 결과의 관계처럼 사물과 그림자처럼 서로 딱 붙어 다니는, 그러지 않으면 안 될 운명적 인과 관계를 전면에 펼쳐내고 있다.

세상살이에서 '원인'이 있으면 반드시 '결과'가 따라오는 법이다. 그것이 세상의 이치이다. 양면의 동전처럼 앞과 뒤의 순서에 놓인 것도 그러하다. 앞서거니 뒤서거니 하는 사물의 놓임 역시 그렇다. 하물며 인간에 의해 발설되는 그 어떤 언어적 행위는 말할 것도 없다. 일상을 살아가면서 발설되는 수많은 앞뒤없는 언어의 발설은 대부분 감정이 전제가 되는 수가 많다. 그것은 나의 의지와는 상관없이 불쑥 튀어나올 수도 있고, 조심스러움을 전제로 발설되었음에도 상대에게 오해를 불러일으킬 수 있다는 것을 보여준다.

작품 「고백」과 「용서」가 언제 어디서나 일상생활에서 맞닥뜨릴 수 있는 대표적인 감정의 산물이라는 것을 확인시켜 주는 것이 그렇다. 시인은 작품 '고백'과 '용서'라는 두 명제를 통해 불편하고 불안한, 앞으로도 뒤로도 그 어디든 발걸음을 쉬이 내디딜 수 없는 진퇴양난의 행보에서 불편한 자아를 전면에 펼쳐낸다. 바로 지금, 내 앞에서, 아니라면 언제라도 일어날 수 있는 감정의 패키지가 바로 이런 것임을 확인하게 한다.

'미움이 몇 년째/ 가슴 깊숙이/ 티눈처럼 박혀있는 것에 대하여/ 모르는 척해도/ 속일 수 없는 얼굴/ 가슴 쓰림은 남모르는 비밀이 되었다'고 고백한다.

그것은 가슴에 담아두는 것도 쉽지 않은 무게를 가졌을 테고 하루에도 몇 번씩 이러지도 저러지도 못했을 것이라고 짐작하게 한다. 다른 그 어떤 감정보다 자신을 갉아먹는 강도가 센 '미움'이라는 감정은 가슴 깊이 그대로 뭉쳐져 있는 것이 아니다. '가슴 깊숙이', '티눈'처럼 박혀 스스로를 힘들게 하고 괴롭히고 또 괴롭힌다. 그것은 '몇 년째' 반복적인 상황에 놓이면서 해마다 자라기까지 한다.

그것은 어느새 '쟁반만큼' 커지면서 자아를 압박하기까지 한다. 시인은 혹여 '약 바르면 나을까' 기대를 해보지만 쉽지 않다. 그 후유증이 두렵기 때문이다. '티눈 도려낼 때처럼 아물어도/ 원망할 수 없을 만큼 남을' 것이 훨씬 더 두려운 것이다. 마치 '장마에 떠내려온 지뢰를 만났을 때처럼 아슬아슬' 하기까지 하다. 시인은 언제 어떻게 될지 알 수 없는 '불안'에 맞닥뜨리며 '말 한마디 꺼낼 그 몇 초가 없어서'라며 변명한다. 진퇴양난에서 헤어 나오지 못하고 어찌할 바를 몰라 고백에 기대기도 한다.

그러나 여기서 중요한 것은 '대수라 싫어 덮어' 둔 것에 있다. 그것은 '해마다 자라나더니/ 쟁반만큼' 커져 압박을 받고 있다는 사실이고 그것을 어찌지 못하고 있다는 것이다. 더 중요한 것은 시인의 내면 깊이 '제 멋대로 솟은 지뢰'를 상정한 급박한 이면의 중심에 '미움'이 있었다는 것을 토로했다는 것이다.

그것은 사실 단 몇 초면 해결할 수 있는 '말 한마디'가 전제

되어 있음을 시인이 알고 있다는 것이다. 그 '말 한마디'가 필요하다는 것을 인지하면서도 의아했으나 시인은 결국 고백하고야 만다. '말 한마디 꺼낼 그 몇 초'가 없는 것이 아니라 용기가 없어 차마 꺼내지 못하고 있다는 것을.


나이 들 때까지
한 번도 본 적 없는 달의 뒷면이
궁금했다.
몸살까지는 아니었지만
멈추지 않았다
보이기 싫었으니, 어쩌랴
갸웃거림 바뀐 적 없으니, 어쩌랴
달이나 나나

거치고 거쳐서
보고 싶은 곳 봤다
보여주기 싫은 곳 뵈고 말았다
파이고
얽고 그랬었구나
달에게 미안했다

그러려고 그런 것 아닐 테지만

누구나 말하기 곤란한 것
보여주기 싫은 곳 왜 없으랴
그때마다
호주머니 뒤집듯 할 수 없었다면
왜 안타깝지 않았으랴
몰랐을 뿐 햇빛은
그믐밤 달의 뒷면 늘 비추고 있었다

몰라도 되는 것
그러려니 넘어가 줘도 되는 일이
세상에 달의 뒷면뿐이랴.

　　　　　　　　　　　　　— 「달의 뒷면」 전문


어두워야 잘 보인다
별이 그렇다

그저 그런
네가 아니라는 걸 알았고
더 선명하게 알고 싶었을 때
불이 꺼져야 빛이 났다

별이 그랬듯이 너도 그랬다

내가 어두워졌을 때
네 마음 항상 내게로 왔다
밝을수록 세상은 환해졌지만
나는 희미해지고
너도 무의미해졌다

어두워야 잘 보였다
별이 그랬다
네가 그랬다.

— 「어두워야 잘 보인다」 전문


'어둡다'라는 형용사는 '밝다'라는 뜻의 반대 개념이다. 세상을 이분법적으로 파악한다면 '어둡다'와 '밝다'로 표현할 수도 있겠다. 그러나 세상은 두 개념으로 표현할 수가 없다.

우리의 삶 역시 그러하다. 이쪽이 있으면 저쪽이 있기 마련이며 위가 있으면 아래가 있기 마련이다. 네가 있으면 내가 있기 마련이고, 내가 있으므로 네가 있는 것이다.

위의 작품 「달의 뒷면」과 「어두워야 잘 보인다」가 그렇다. '뒷면'은 앞면을 전제한 것이며 '어둡다'는 것은 '밝다'를 전제한 것이다. 우리의 삶 역시 이 두 명제에서 벗어날 수 없다. 시인은 어둠을 전제로 한 '달의 뒷면'을 통해 '햇빛'을 끌어온다. 아니, 햇빛을 끌어오고 싶어서 '달의 뒷면'을 불러들였다. '나이 들 때까지 한 번도 본 적 없는 달의 뒷면이/ 궁금했다' 라고 도입부에서 강한 의구심을 드러낸다.

그다음의 표현이 재미있다. '몸살까지는 아니었지만/ 멈추지 않았다' 라며 '보이기 싫었으니, 어쩌랴' 하며 달의 입장을 임의대로 풀어낸다. 그리고는 결론을 내린다. '거치고 거쳐서/ 보고 싶은 곳 봤다/ 파이고/ 얽고 그랬었구나/ 달에게 미안했다' 라고.

'파이고', '얽고'의 부분을 통해 상처를 확인하면서 미안해하는 시인의 감정은 매우 자의적이다. 당연할 수도, 아닐 수도 있는 감정인 것이다. '달'의 존재를 의인화했을 때 일어나는 감정을 통해 시인은 자신을 동일화하고 있음을 본다.

'그러려고 그런 것 아닐 테지만/ 누구나 말하기 곤란한 것/ 보여주기 싫은 곳 왜 없으랴' 라고. '그때마다. 호주머니 뒤집듯 할 수 없었다면/ 왜 안타깝지 않았으랴/ 몰랐을 뿐 햇빛은/ 그믐밤 달의 뒷면 늘 비추고 있었다' 라고. 그것은 굳이 알 필요가 없는 것임을 강조한다. '몰라도 되는 것'이라고.


시집 『아내의 저울에 눈금이 없다』는 김용기 시인의 반복적인 일상의 스펙트럼이 아내에 대한 사랑과 온기와 열정을 떠받치고 있음을 확인하게 한다. 시인만이 갖는 직설적 화법이 만들어낸 선명한 삶의 배경은 시인만이 빚어내는 단단한 현실 인식에 다다른다.

굳이 에둘러 표현하지 않고 미사여구를 동원하지도 않는다. 보이는 그대로, 있는 그대로, 느껴지는 그대로, 감각으로 느껴지는 그대로를 다양한 각도에서 표출해 낸다.

아내를 향한 사랑이 전제되어야만 가능한 그만의 살뜰한 표현법이 다양한 시적 대상을 한 곳으로 불러들여서 온전히 마주하게 하는 것이다.

시인만이 갖는 삶과 현실에 대한 방향성이 단단하고도 군더더기 없이 펼쳐져 있음도 본 시집의 특장이라 할 수 있겠다.